caillou MD
se déguise

Adaptation
du dessin animé :
Francine Allen
Illustrations :
CINAR Animation

 chouette CINAR

Enfin ! Aujourd'hui, c'est l'Halloween !
Maman aide Caillou à enfiler
le magnifique costume d'astronaute
qu'elle lui a confectionné.

– Alors, l'homme de l'espace, paré
au décollage ? demande papa.
– Je suis presque prêt !
répond Caillou.

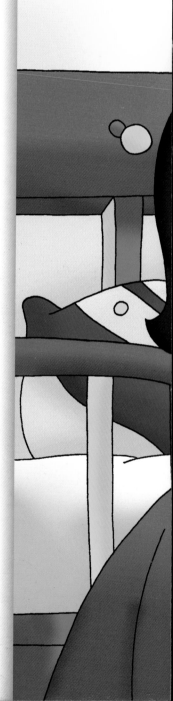

– Regarde, Mousseline… J'ai aussi
un beau costume pour toi !
dit maman.

– Non ! dit-elle.

– Tu ne veux pas aller demander
des bonbons ? Tu en es sûre ?

– Non ! répète Mousseline.

Caillou est très étonné que sa petite sœur ne veuille ni se déguiser, ni aller demander des bonbons.

– Mousseline est encore bien petite pour fêter l'Halloween, explique maman. Je vais rester à la maison avec elle pendant que tu feras la tournée avec papa.

Caillou et papa sortent de
la maison. L'atmosphère est
mystérieuse… Les parterres sont
remplis de citrouilles aux yeux
flamboyants, de fantômes et de
sorcières frissonnant dans le noir.

– Allons d'abord chez monsieur
Lajoie, propose papa.
Caillou frappe timidement à
la porte.

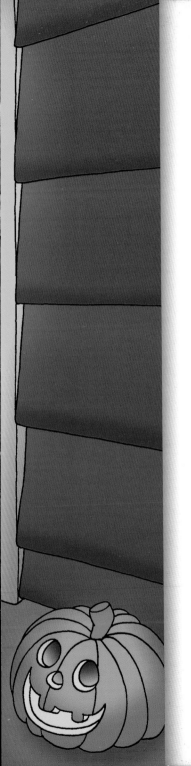

– Bonsoir Caillou, dit monsieur
Lajoie. C'est gentil de venir me voir.
Ce n'est pas tous les jours que
je reçois la visite d'un astronaute !
Caillou est bien content que
monsieur Lajoie l'ait reconnu.
– C'est l'Halloween. Bonbons,
s'il vous plaît ! dit-il.
Et monsieur Lajoie verse plein de
bonbons dans le grand sac de
Caillou.

Des dizaines d'enfants aux déguise-
ments farfelus ont envahi la rue.

– Je suis un horrible monstre! lance
l'un d'eux en apercevant Caillou.

– Et moi, je suis un homme de
l'espace, répond Caillou.

– Hou! Hou! Hou! fait le monstre
en agitant les bras.

– Papa, tu les as reconnus?
C'est Léo déguisé en monstre, et
Clémentine en infirmière!

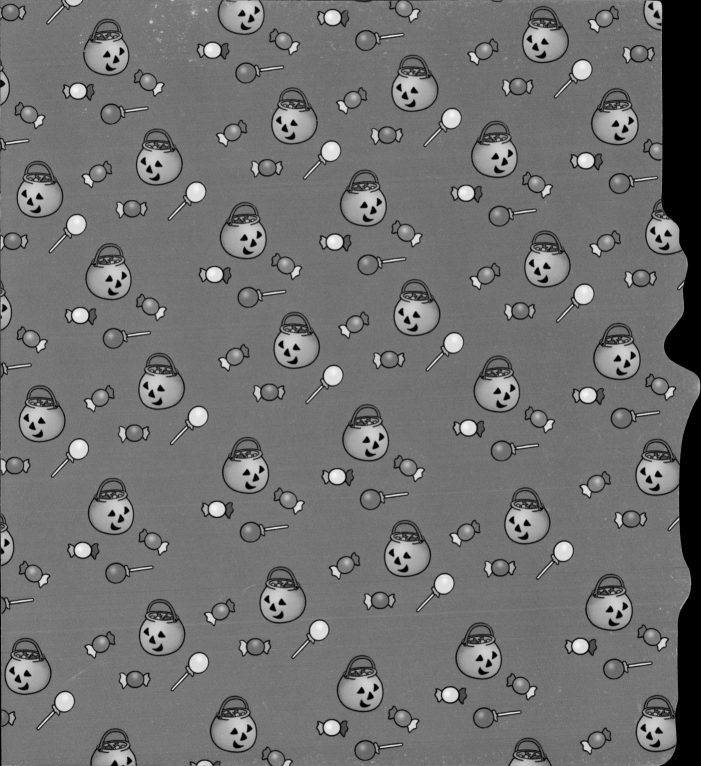

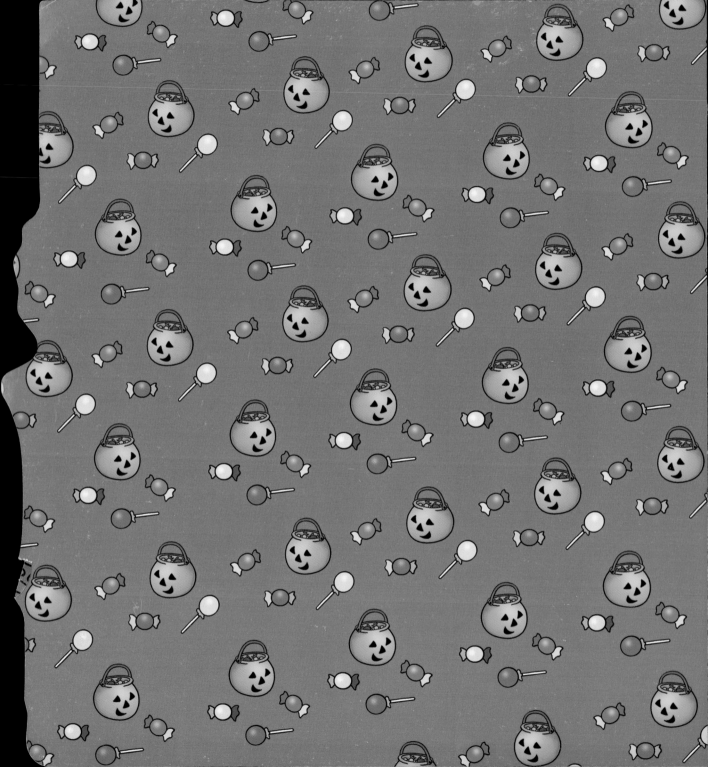

– Regardez tout ce que j'ai ramassé !
dit fièrement Clémentine en montrant
son trésor de bonbons.

– Oh ! Tu en as beaucoup !
s'exclament ses amis.

Caillou, Léo et Clémentine décident
de poursuivre ensemble leur tournée.

– Joyeuse Halloween ! Bonbons,
s'il vous plaît ! s'écrient-ils gaiement
dès qu'on leur ouvre la porte.

Les sacs des trois amis débordent
bientôt de friandises.

– Il est maintenant l'heure de
rentrer, dit le papa de Caillou.

– Oh non, pas tout de suite !
supplie Caillou.

– Allons sonner chez toi, Caillou !
propose Léo.

– Joyeuse Halloween! Bonbons,
s'il vous plaît!

– Tiens, tiens! Qui vient sonner?

– On dirait un astronaute et ses
deux amis, dit la maman de
Caillou.

– N'aie pas peur, Mousseline,
c'est moi, chuchote Caillou à sa
petite sœur.

– Et moi, je suis le monstre
Frankenstein, ajoute Léo en
enlevant son masque.

Mousseline se met à rire. Elle a
reconnu Caillou, Léo et Clémentine.

– Maman, je crois que Mousseline
a moins peur de l'Halloween,
maintenant !

– J'aime l'Halloween ! s'écrie
Mousseline.
– Et moi, j'ADORE l'Halloween !
renchérit Caillou, qui s'est bien
amusé.

CAILLOU est une marque de commerce appartenant aux Éditions Chouette (1987) inc.

Texte : adaptation par Francine Allen du scénario tiré de la série d'animation CAILLOU, produite par Corporation CINAR (© 1997 Productions Caillou inc., filiale de Corporation CINAR — Tous droits réservés).

Scénario original : Matthew Cope

Illustrations : tirées de la série télévisée Caillou

Conception graphique : Marcel Depratto

Infographie : Cinar Animation

Données de catalogage avant publication (Canada)

Allen, Francine, 1955-

Caillou se déguise

(Collection Trottinette)

Pour enfants de 3 ans et plus

Publ. en collab. avec : CINAR

ISBN 2-89450-261-3

1. Halloween - Ouvrages pour la jeunesse. 2. Déguisement - Ouvrages pour la jeunesse. I. Corporation CINAR. II. Titre. III. Collection.

GT4965.A44 2001   j394.2646   C2001-940931-1

Dépôt légal : 2001

Nous remercions le ministère du Patrimoine canadien (Padié), la Sodec et le Conseil des Arts du Canada de l'aide accordée à notre programme d'édition.

Imprimé au Canada

10 9 8 7 6 5 4 3 2 1